JN192516

歌集

サバンナを恋う

井上孝太郎

砂子屋書房

＊目次

装本・倉本　修

歌集　サバンナを恋う

胡蝶の夢

「異常なし《ニヒツ・ノイエス》」蝶の死骸を巣に運ぶ蟻の一群春の前線

人肉を喰らって哄笑するがごと日本列島桜花散る

神田川コンクリートの川底に鯉が仰ぎ見るさくら花びら

市ヶ谷の花屋の花にまどろみてつかのま帰らん故郷の野へ

四ッ谷より新宿までのまどろみに紛れ込みくるクレマチスの香り

カモメのように

水木の上幾春過ぎしかチボー家のジャックのごとくと思いし日より

インク出ぬペン先紙にすべらせて春の日ふいに海に行きたし

青空をカモメのように五月なら電車が海辺の町に近づく

夏の歌

高原の町に晩夏の陽はあふれサバンナを恋うガラスのきりん

蜜蜂をちぎりひそかに蜜なめし少年おびえる空のむらさき

鮮やかに蛇の皮剝ぐ白き手の伯父の横顔　記憶に欠ける

雲雀の巣われは知りおり教室に若き教師の叱声聞きつつ

天才というものを知る亡くなりし妹を描きし少年の絵に

草原を駆ける少女は鳥になり十五のわれの詩集を飾る

教室で夏を焦がれる少年にかすかに聞こえる遠き雷鳴

自由だとぼくらは云われた砂浜で鎖を解かれる子犬のように

山好きの少年ひとりプールに死す水面に夏の雲を残して

「皆自明」とのみ答案用紙に書き入れて数学試験の教室を出た

ミルクより砂糖を先にとコーヒー論を説きし教師のデートの顚末

哲学の講義はギリシャをいまだ出ず明るみを増す青葉の雨滴

相対論解き示しつつ友のいてテントに細き雨降りつづく

梅雨明けの休みの一日を夏帽子品定めする君に捧げる

相模湖の水面の水を手に掬い白いボートにきらめく夏の陽

丹沢の尾根道下る夏の日に麦わら帽子の君と見た雲

月蝕のうすれゆく月見つめいる君は古代の女となりて

ガロアの翳

ミニヨンを読むため学びしドイツ語の遙かな記憶オレンジの香に

「ファウストの望みしものは力なり」教授は昂ぶる声を抑えて

ヘーゲルを語れど教授の好みしはショウペンハウエルと理解するいま

「集合《シグマ》の集合《シグマ》すなわち複集合《トリグマ》は……」若き教授にガロアの翳射す

夭折せし数学者らの集いいる花園の花燃える紅

山行

樹海の上飛ぶ誘惑をこらえつつ藪漕ぎ続ける行者の末裔

この山は獲物がなきかおろおろと脚に寄りくる二匹のほそき蚊

手に触れる木陰の小さな黒百合の思いがけなき生のたしかさ

星空を仰ぎて眠る夏山を乗せてゆっくり地球はまわる

地吹雪の吹く夜ひっそり氷華咲く鹿沢の宿の薄きガラス戸

風強き夜知らせあり雪山にひとりの旧き友を失う

山に逝き海の蒼きに沈みゆく友の遺骨の切片の白

鹿沢より湯の丸あたりはなお雪の残りおらんかさみどりのなか

夏山に啼くほととぎす渾身の声いま一度友の別れに

旅に出よう

奔放と言われし父のアルバムに記されし村地図に辿りぬ

無銭旅行トラック降りて闇に寝て朝日に輝く墓石を見つ

うら若き住職の妻は香り立ち月下の庭に百合の花剪る

軒借りし寺の男は雨眺め酒瓶片手に人生語る

古寺に臭き法話を説く僧も笑いて許さん初夏の旅

月の沙漠（御荷鉾《みかぼ》村の思い出）

繰り返しオルガンの音《おと》が聞こえくる分教場の夏の校庭

音欠けるオルガン弾きつつ少女問う月の砂漠の駱駝の行方

オフィスの壁はミラージュいまわれは月の沙漠の駱駝の背にいる

アショーカの木（蹴ると花を咲かせるという）

次に聞く君の言葉を待ちながらビルに流れるテロップ見ていた

落葉蹴りむやみに明るく歩く君はこんな小春日生まれと思う

君が蹴りし木はアショーカにあらざれば痣つくりても花は咲かせず

桜

松山の城に登ればはぐれ雲子規見ざりしか弥生の空に

月読みの神の祀らる社にて花の梢を満月渡る

明日は雨と知るか桜は咲き急ぎ梢こずえに薄紅の花

宿の湯に浸かりて思う川の辺の闇に雨待つ桜の孤独

北へ北へ春遡り弘前に今年ふたたび桜と出会う

サンノゼ１９７１年

日本のビルサンノゼに立ち並び一世二世の街埋もれゆく

戦争の体験語り一世の老人プラムの花を見上げる

ほの昏きプールの水を切り進むプラムの花散るサンノゼの宵

妻と子が明日飛び来ると告げたれば一世の大家は花束届ける

シチリア晩夏

民宿の窓辺に凭れば潮の香と低き歌声シチリアの夜

貴婦人は裾たくしあげシチリアの九月の真白き波にたわむる

シチリアのさらに沖なる島めぐり海と空の間白き町見ゆ

神殿の柱の先につと消えぬ赤いドレスの素足の女

村人の合唱轟くシチリアの夏の夜空よゆるやかに歩め

ゆく夏の記憶を砂に刻みつつ引き潮に照る渚を歩く

ケルトの言葉

夏の夜のストンヘンジの月赤しケルトの人の黄泉に渡るや

月光を浴びて大人になるという海辺で聞きしケルトの言葉

セザンヌのカンバス登りしことあらん木陰の岩を行き交う黒蟻

眼前の敵を殺せと旗を振るジャンヌ・ダルクの青き銅像

神々はミロのヴィーナス生むためにエーゲの石を白にし給う

ロートレックになりたるわれは路地を行く葡萄酒色のパリの夕暮れ

精霊の去りし淋しさベルギーの整えられし川に林に

草を食みやがて伏せたる牛の背《せな》すでにこの世を見極めしごと

イーゼルをてんでに持ちて子ら走りハイデルベルクの城に秋くる

流星群

妻と子と川辺で眺める流星群はるばる来たりこの星に果つ

サーカスに犬の小さな芸見せるあわれ老人口上多し

みちのくの温泉街に蛇使う女を捨てし男にあらずや

女郎蜘蛛玉三郎が地を踏めばアンダルシアの群舞轟く

俊寛の松つかみたる手の位置の微妙にずれて現身と知る

生を競う

吊革に縋りて眺む梅雨の中　草木激しく生を競うを

大概のことは終えたと三十歳《さんじゅう》の同僚が語る駅までの道

ＯＬも野獣に還る夕立に目つき鋭く髪逆立てて

雷鳴は祭りの太鼓夕立は浮かれ囃子と蛙が笑う

「ココハドコ、ナニヲシテイル」ＴＯＥＩＫの試験の最中《もなか》ささやく声が

先に帰れば酒の肴になるだろう会社仲間といる居酒屋は

飲めぬ酒飲みつつ思う明日からは少し利口に生きてみようか

つぎつぎと段取りつけることに倦みホームのベンチで電車見送る

風に負け身を翻すつばくらめ今日一日はわが友となれ

マサイのリズム

アドレナリン少し放出わが案が無視されそうな開発会議

反論の準備は出来た「タムタムタムタム」ここはマサイのリズムでゆこう

生きるための妥協とせしがいつの間にか打算に変わる時のはやさよ

クリップの錆びし書類を破棄せんと繰れば激しきわがメモに会う

総務課の馬鹿とやりあい「総務課の馬鹿」と夕べの日記に書きしが

手抜きせず媚びず怒らず一日の仕事を終えしをひそかに誇る

遠花火

犬にとも妻にとももなく手を振りて単身赴任の町に向かいぬ

暮れなずむ単身赴任の春の日を野火の煙はまっすぐ昇る

遠花火電信柱に少し欠け単身寮に缶ビール飲む

単身赴任の町の収穫パンプキンパスタの店を見つけしことも

上野駅「マーメイド」なるコーヒー店　尾鰭の近くが定席となる

鯊釣りの客乗せ沼に浮かぶ間も小舟は朽ちる海焦がれつつ

夕映えの筑波の嶺を見る町に家を構えし友逝きて秋

秋の陽はゆるやかに燃ゆ柿の木の残されし実ひとつを照らして

籾を焼く火は穂をたてず深く澄む忘れしはずの悔恨に似て

霜の降る闇を見ているひそやかに冬の朝《あした》が造られてゆく

手のひらの雪の結晶溶ける間に蘇りくる蔵王の記憶

若き芽を心ならずも傷つけし遅霜あわれ天のたわむれ

軽やかに園児らの声聞こえきて午頃ならん風邪の熱ひく

材木に雪積もらせて船来たる春一番を西に聞く頃

チェレンコフの光

ニュートロンの流れ見えきし午前二時炉心のアイディア急ぎメモする

エネルギー省へ臨界実験語らんと４ＷＤ駆るワシントンの雪

水流は嘲るごとく乱れおり制御理論の網かいくぐり

「何故に神は乱流創りしか」ハイゼンベルグの今際の叫び

久慈川の岸辺に蝶のつがい舞うチェレンコフの青き光よ

久慈浜の女将の語るバルビゾン　ミレーの住みし村の夕暮れ

青春を「もんじゅ」に捧げし人々の霊立ち上がる暗き炉室に

鬼の子ととどめを刺すか血を流す「もんじゅ」は救いの子と生まれしを

自らの腐臭に耐えて横たわる「もんじゅ」に捧げん白百合の花

旅日記

呉線の子供らの声やわらかく海辺の町に生きるもよきかな

麦藁帽手にして肩をすくめたり海辺で菜の花畑に出会えば

声高く秋吉台の揚げ雲雀幸せ見えるか緑濃き先

五百余の洗礼授けしひとびとを残して海に去りしサビエル

位負けせぬよう歩く松田屋の庭に維新の旧跡の松

木々倒し邪神のごとく白き肌晒して立てる巨大な風車

瀬波の宿夜半の嵐に目覚めれば荒れ狂う海照らす満月

新潟の街しずまりて秋の陽は雲より滴り海に溶け入る

散居村と誰《た》が名づけしか田も畑もひときわ早く秋暮れなずむ

風の盆踊りの一団通り過ぎ甍に迫る黒き山影

風の盆明けし川辺の細き町　商家の軒に蜻蛉飛び交う

五箇山《ごかやま》の相倉《あいのくら》なる隠れ里　平氏の眠るコスモスの原

廃田に白きすすきの穂を浮かべ紀州の秋はただ暮れなずむ

七重八重垣廻らせて引き籠もる農耕民族豊受の神

年の瀬の気比神宮の夕闇に青鷺一羽佇みて老ゆ

こつこつと下田の宿で思い出を美化するために書く日記かな

縄文の丘

風車二つ三つ四つ赤く揺れ恐山の空乾きいる

空耳と知りつつつ聞き入る風の中童の唄う花いちもんめ

湖の底に沈みし銀の髭魚知らざるや背に秋の光《かげ》

晩秋の重く冷たき湖の水に光と沈みゆく夢

幼子を葬りしという縄文の器を包む白き秋の陽

縄文の深き器のぬくもりは先立ちし子の母への慕情

幼子を失い森に栗拾う縄文人の秋もありしか

巨いなる櫓組み終え仰ぎ見る縄文人の笑みを思いぬ

デジャ・ビュに襲われ道に佇みぬ陽の当たる岩丘の上の雲

五千年少女らは舞うこの丘にしろつめ草の冠つけて

縄文の遺跡の丘を下りゆけば茂る葦原蜻蛉飛び交う

縄文人の祈りは遙か列をなす墳墓の果てに群青の海

台　湾

炎曳き深く落ちゆく夏の蝶　風音絶えし太魯閣《タロコ》の谷に

岩壁に一筋の道　山上の高砂族《タイヤル》の滅びし村へと

町に病む高砂族は夢見んか岩壁に光る故郷への道

キリストも孔子も仏も飲み込みてひたすらたくまし竜山寺の僧

台北の夜市訪ねる蛇の血を飲ませし店のありしあたりを

深々と玉器に残る秋の光《かげ》　黄河に栄えし国遥かなり

ネパール

山峡《やまかい》に煙漂うネパールの朝《あした》は生命《いのち》をいとおしく思う

身を捩《よじ》り壊れたドアにしがみつく乗り合いバスはヨガの修行場

ゴムボール当てれば唸る鬼のようヒンズーの神は畏れ多くも

掏摸は逃げ警官は追うカトマンズ王宮広場にマンダラ購う

夕暮れのストゥーパ巡る石畳　老女は五体投地を続く

あわれ夢か東に翔けしガルーダの天女に翼与えし恋は

ストゥーパの眼は旅人を見守ると永遠の別れの旅多き頃

古希祝う老婆は赤い輿に載り銅鑼先頭に春の村往く

天と地の白く融けいるヒマラヤの町に転生祈る声満つ

ぼうぼうと山鳩が鳴き川の辺に死者を弔う朝がまたくる

西安《シーアン》交通大学

山襞に緑はかすかに見ゆるのみ黄土の上を機は西に飛ぶ

永劫の支配望みし始皇帝　陵墓に赤い石榴の花咲く

二千余年埋もれて兵馬はなお無言かくなる力で村襲いしか

「金先生少しお年を召しましたね」孫を語りて校門を出る

下放《シャアファン》の時代の生活とつとつと語る教授に定年近し

大学を退《ひ》きし老人書の腕をはにかみつつ売る西安の街

晩秋の西安に降るこぬか雨　群ゆく鳥は声たてず飛ぶ

香港

「隙あらばただちに香港島《しま》を占拠せよ」石垣の隙に根を張るはこべ

水晶のごとくひしめき香港島に立つビルよ砕かるる夢を見ざるや

岩叩く雨は真白き煙たてこの国に激しき夏来るべし

久我山

引越の様子伺う大鴉　犬吠えたるをしばし値踏みす

もの想い歩けば夏の雨来たり石に散る花水に咲く花

この町で身につけし技さりげなくサイドステップ踏みてゆく犬

駅伝のたすきのように子に伝う悲しいときに笑う癖など

ひとときの会話なごます山間の蚤うつされし湯宿の思い出

夢の中動けぬ我あり目覚めれば妻と娘の声日曜の朝

夢の中われを縛りし正体を判じ得ぬままひげ剃り終えぬ

作歌

薄明のベッドに記憶の箱探る若き日にわが書かざりし歌

言霊が乗り移ったとわれは云い妻は笑いぬわれも笑いぬ

目の眩む真夏の路上に短歌生む脳細胞の不思議を愛す

創作のガラスの破片散りばめて歌集は危うい光を放つ

鴉の祭典

生ゴミを出す日そろえて烏追う株主総会一斉開催

餌あるを報告せずにひとりじめせし者ありと烏の訓辞

朝礼を終えし烏は声交わしトマト畑を隊なし襲う

枇杷の木に群がりその実を食い尽くし勝どき天に烏の祭典

武蔵野の森に大蛇の子を放ち烏の玉子食い尽くさせん

老犬

老犬と家に残りし週末は犬に声かけテレビをつける

シェットランドに羊を追いしものの末裔《すえ》日向で惰眠むさぼる犬は

ロボットのニュースを聞きし日老犬を草でからかいくしゃみをさせり

細々と鳴き続けおり老犬もバウリンガルの欲しき夕べか

東海村再訪

ぼうぼうと鳴く声のありベランダに去年《こぞ》の巣繕うつがいの鳩見ゆ

大いなる実を吊り下げし木瓜の木のこの世に縋る凄まじき念

豊岡の古墳の森を狐火の行くとう風説絶えて幾年

新月といえど夜更けて凄み増す東海駅にひとり佇み

太陽のエネルギー

太陽はインドあたりで遊びおらん機はアリューシャンの星空を行く
極北の無音の空を渡りくる女神は緑のドレスをまとい

摩天楼は雪に閉ざされ絶え絶えの血流のごとく車が動く

和太鼓のショウになり果てし淋しさよアリゲーターの天麩羅食みつつ

太陽のエネルギーを浴びきたるアリゲーターの肉の歯ごたえ

フロリダの浜辺でステップ　ブェナ・ビスタ・ソシアル・クラブは海のすぐ先

海原に刷毛で引かれし白き道ヘミングウェイを捉えし島へと

誰がために鳴る鐘の音かフロリダの海面を伝う風に揺られて

週末の観光客を待ちわびて空母の浮かぶサンディエゴの海

「越境者の横断に注意」標識を海沿いに見てメキシコ近し

白シャツの老人歩く石畳麦わら帽子の影濃く落とし

太陽の神を絵皿に閉じこめて街角に売るアステカの末裔《すえ》

駆けろバイソン

大陸を真紅に覆いし夕焼けはいま敗走し地平に落ちゆく

狩る者と狩られる者とが真夜中のフリーウェイに赤い灯を曳く

「欲望《ディザイアー》」ニューオーリンズの街角を今日も走るか若きらを乗せ

ミシシッピーの風にゆられて昇りゆく博覧会の赤い風船

樫の木は抗いがたくそびえ立つ農場主の夏の館に

ビル並ぶダラスを夕日が赤く染めバイソンは淋しく地中を駆ける

3ドルのテキサスバーガー頰ばりて荒野を去りしバイソンを恋う

孤 独

花荒らす物の怪ならんわが父祖は弥生の風に血潮ぞ騒ぐ

公園にわずかに遅れて咲く桜　幼き恋の淡き紅

ハンニバル何処におるや春嵐の鎮まりし宵月も昇りぬ

「外観で判断はだめ」母子して深く哲学している家鴨

「ハンニンハココニハイマセン」公園でよく会う鳩は横向いたまま

幾千の蚕あやつる者おらん桑食むざわめきふと消えし闇

海底を流れる川のあるという海百合の花揉みしだきつつ

夜昼を季節を己の回転が統べると気づきし地球の孤独

沿線の裏町描ききし老画家の個展に真紅の薔薇飾られる

側溝に落ち蟬ひとつもがきいて八月の空なお輝ける

秋から冬へ

ラマダンの新月探す人のいて東京の街今宵うるわし

無口なる理髪店よしシャキシャキと髪切る音を夢の間に聞く

マニキュアの仕上がり確かめ女店員がウインド越しに見る街はイヴ

「汝らも賢く生きよ」豊かなる聖職者が説く笑顔の目には

偽善ハモウ止メニシマショウニンゲンハ仲間モ殺ス動物ナノデス

寒月にジョギングに出るくるみ割り人形でさえ踊る夜がある

怒りの的絞りきれずに鬱々と二十世紀の除夜の鐘聞く

蟬しぐれ

蟬の子が蟬になるべく月の夜に穴を出てくる土ふり落とし

父母の記憶を持つか蟬の子は殻を脱ぎ終え蟬になるとき

「この森でなすべきことは」陽はすでに中天にあり蟬は飛び立つ

子供らの気配に蟬は息つめる生死の境分かつもの何

きれぎれに蟬の声立ちやがて和す風鎮まりし昼下がりの森

目を閉じて聴け蟬しぐれ七年《とせ》を耐えきし者のフィナーレなれば

語り部のごとくこの世の有り様を地中に伝え蟬は息絶ゆ

蟬しぐれしみじみ聴きし夏の数数えて人は老いてゆくべし

沖縄2001年秋

故郷にあらねど愛《かな》し病む人の背骨にも似て連なる島は

選ぶ余地なき貧しさにまたひとつ珊瑚礁《リーフ》失う南の島よ

神さぶる大宜味村《おおぎみそん》より山に入る山原水鶏の国頭村《くにがみそん》へと

海からの風強ければ地に伏してやりすごす術草木も持つを

普天間の基地に重ねて描く都市美しくあれせめて夢の間

やらせなれどと友は讃えき「湾岸」の油まみれの水鳥の影

人が人を裁く連鎖を眠らせてアフガンの山に降る雪の音

戦争の議論とぎれて料理待つほどほどによしゴーヤの苦み

琉球と呼ばれしころが懐かしと呟く声が石畳より

詠う技拙き者よいまはただ黙して祈れ摩文仁の風に

エイサーの太鼓の響き寄せる波　海より来たりやがては海へ

「星の降る町」抄

西端の町にクラブを営みおりし女《ひと》の死ぽつりと友に告げらる

「星の降る町なのここは」カクテルのグラスを透かし呟きし女

ブラームスは好きかと声かけ笑われた喫茶店での君との出会い

スピノザのエチカも顔負け壁際にきちんと積まれたジョッキとグラス

卒業後使ったことは一度だけ店の名「AMOR《アモール（愛）》」ポルトガル語で

つかの間をソファに眠るデュエットで「都会の天使たち」歌い終え

金箔を配り終わった幸福の王子のようだね君のアパート

墜落死怖れるように突き進む雲雀は空へ五月の空に

今日一日小さなことだけしましょうと鬱から逃れる呪文唱えた

山めがけ帰るのだろうか街路樹の葉が一斉に風に連れられ

雪の降るホームの時計が正午指し列車が君の町を離れた

君の住む町が一瞬蘇るやけに眩しい雪解けの道

桂　林

月冴えて奇山を照らす夢見れば再び思う灯火なき村

「アジアへの寄与」などと言う日本人おれば会議はふいに恥ずかし

壮族《チュアン》の芸能終わり聞こえ来るショパンのソナタかく悲しきか

そのかみは海底なりし山なれば魚も目覚めん鳥群れ騒ぐ

少年は痩せた二頭の牛つれて川原に下りくる草笛鳴らし

魚獲らぬ漁民となりて着ることのなき服を干す観光の村

「バイオエネルギー」美しきかなメタンガスを豚の糞より取り出す農ら

再見《ツァイチェン》と手を振る車上にふと思う再び会わざる人の多きを

牛をひく裸足の子供と目が会いてひどく疲れぬバスの曲がる間

田には稲畑にはもろこし青梗菜《ちんげんさい》夕べの厨に青き火を見る

月青く四囲の奇山を照らすとき子らやすらかに村に寝るべし

雪国の大学

この雪は根雪にならんか雪囲い未だ半ばなる町に雪降る

「実践と創造」教育方針にさらりとあれば軽くうなずく

卒業生ひとり知りおり生きる欲薄く人好き技術者なりき

単位数かぞえ直せど足りなきは卒業間近に友の見し夢

「卒論はアウト」とデートで教務課の娘にからかわれしがトラウマとなる

面談の教師学生いずれもが８０点の答えを探す

闇深き理想論へと落ちゆくか雪のほかなき夜の窓見る

評価割れし深夜の会議コーヒーを紙コップに足す五人の委員

「まあまあ」とう言葉が出れば呪縛解け評価まとめる手が早まりぬ

講評に微笑みおりし学長が立つとき椅子の音やや高し

雪嵐激しき夕べ茫々と橋のみ見ゆる信濃川越ゆ

それぞれの戦い

給食費払えぬ夢にうなされてジョニ黒貪り飲む革命家

強き王望みて食われるイソップの蛙の歴史今世紀もまた

孵らざる卵をひとつ抱きかかえひきがえる食うニッポニア・ニッポン

戦場に向かう兵士の影映し行進続く夏の甲子園

つぎつぎと町の名前を知らされるテロのありしと虐殺のありしと

休暇旅行の準備整えテレビ消す難民の子か最後の画面は

ニュース見るニュースに映るニュース撮るそれぞれの暮れ雪降り積もる

転職

転職を如何に告げんか玄関の手前で気づく月の明るさ

バッサバッサと書類を捨てる心地良さ転職決めし週明けの朝

鰻屋の二階に上り鰻待つ上司と二人の転職祝い

中国疾走2003年

新彊の雨量分布が示されぬ赤く塗られし雨降らぬ村

中国に取り込まれつつわれもあり北京ダックの軽き歯ざわり

ケータイの音けたたましく中国の十五億人いま走り出す

北京にて電脳部品を買う少女差し出す紙幣の毛《マオ》も明るく

長城に風雪来るとざわめきて一斉に散る電脳の街

平原に北京はあると気付かさるビルを揺るがし吹雪く夜半に

菫の呟き

釣る人も釣られる魚もうら悲しホームで見下ろす真昼の釣り堀

油抜けカンカン帽のよく似合う老人なりしと切手の茂吉

乗っ取りがM＆Aと名前変えファンになりたるわれかも知れず

小論のごとき賀状の原稿を作りし心理妻に問われつ

完成は死すときならん雪かぶり寿命の尽きし盆栽の松

「前世で私が何をしたというのです」菫が呟くキャタピラーの下

高尾山

法螺の音深くくぐもり三月の薬王院にみぞれ雪降る

修験者になりて歩めりひとときを薬王院に法螺の音聞き

杉木立透かして見下ろす白き街「飛べ」とささやく声が脳に

のびた蕎麦すすりて窓より見送りぬ山頂を去るこの年の冬

甲州七福神

甲州は東郡《ひがしごおり》に春来たりいぬふぐり揺れ道祖神笑む

開運開運招徳招福厄除け不老長寿財福

早春の東郡の七福神巡りて風邪の神に祟らる

春の風邪と初心な女は手強いとお地蔵様に云われたような

武漢の春

黄鶴楼に登りて偲ぶ李白の詩　故人は煙花の長江を往きしと

東湖《ドンフー》の水より生まれ水に帰す春霞と桃花の淡き交わり

玉龍雪山

麗江の空港を出で見はるかす紅土高原雨に鮮し

棚田ゆく若き夫婦に風涼し背中の籠にリボンを揺らし

目眩めく四千五百メートルの高みにて知る酸素なるもの

襞深き氷河に一歩かけしまま有馬先生しばし目を閉ず

経典を携え来るラマ僧もかくや氷河の村を見下ろす

日本の女二人が解読す東巴《トンパ》絵文字の恋物語

残月の照らす氷河の深き襞　山越え往きし恋もありしか

土産物競い並べし納西《なし》族の薄き瓦の古き家々

「香格里拉《シャングリラ》」理想の里はこの民のついに届かぬ山の彼方に

昆　明

五百種の茸を食してみなされと四日続ける雲南料理

吊り下がる霊長類の標本にわがＤＮＡがざわと目覚める

紡がれしＤＮＡを思いつつ標本室を魚類まで行く

幾万の遺伝子資源を眠らせて予算に苦しむ昆明の長《おさ》

石林の空突き抜ける蟬の声　岩に囲まれ振り仰ぐ夏

イグアスの滝

樹林よりのそりと出で来し大蜥蜴異なるはお前と瞬きひとつ

「天地とはかくなるものぞ」咆哮し大河を落とすイグアスの滝

幾千のわが罪思う切り岸に現れ果てる水の清しさ

高々と昇る水煙その空の高みにひとつコンドルの影

「ジャパニーズ！」かけ声もろとも滝に入りボートは一瞬この世ならざる

蝶は花に鳥は梢にイグアスの揺らぐ大地を日常として

絶え間なく動くはこの世かわれなるか大河を渡る橋に佇む

星砂の島

塩水の池に大きな虹立ちてツバルは海に沈みゆく国

星砂と珊瑚のかけらに拠る島に積み重ね来し生死の歴史

掘り下げし四百メートル　ダーウインはなお岩盤に届かざるまま

ハリケーンの去りしツバルのレストラン「提供できますライスとバナナ」

フナフチの郵便局に並べられ切手に笑うマイケル・ジャクソン

艀より小麦粉運ぶ若者のステップ惑う星砂の浜

週二回飛行機降り来る滑走路サイレン鳴らし島人散らす

5ミリ／《パー》年海面上昇す島護れるか否如何に護るか

ポリ袋アルミ缶に覆われて沈みゆくのかツバルの国は

「星砂と珊瑚で島の再生を」茅根教授の千年の計

死して後星砂となる有孔虫　水槽の中生殖探る

豪雨つきボートは小島へひた走る寒さしのぎのジョークを飛ばし

高波に礫打ち上げられて島を成し椰子の一本まずは根を張る

ゴゴという水薙《なぎ》鳥の群れる島　鳥は魚獲りヒトが鳥食う

去年にては椰子の木ありし島ひとつ波に掬われ海に消えしと

雨と波浴びて小島に上陸すカメラとボトルの水を友とし

水の無き小島に巣くう蚊の群れは不思議のひとつに数えらるべし

ケータイと電波時計の時間の差確かめあぐねる南の小島

珊瑚ぬい泳ぐ魚と目が合いぬ小島の沖の昼下がりのこと

海眺め海に潜りて満足す塩分濃度の等しきこの身は

鳥、魚《さかな》、虫、貝、草、木、バクテリア　連鎖築きし小さな島々

しなやかに生態系は時を超え死骸積もりて島の地となる

五年かけまとめし島の保全策「まずは下水とゴミの処理から」

星月夜　島の渚に褐色の有孔虫が競いひしめく

星砂の研究部隊撤収す　２０１４・０３　ツバル

アマゾン熱帯雨林

アマゾンの森林分布の変化追う息吐く肺の萎みゆく様

熱帯雨林保全会議を終える時ひときわ高き大蟬の声

「嚙まれたら嚙んだコブラも病院へ」注意事項の中程にあり

アマゾンの樹林を彷徨う青き蝶三たび四たびと現れて消ゆ

熱帯雨林観測タワーを登り来て広がる樹冠の明るき緑

「混じりても交わらざる者」アマゾンを流れ続けるリオ・ネグロの水

サハラの太陽

「太陽電池《ソーラー・セル》を砂から作り発電を」鯉沼教授がサハラに見る夢

サハラへと旅立つシリコン還元炉《（太陽電池材料製造装置）》　雪舞う二月青森港より

コーランの思想をにわかに学ぶときチュニスに無差別テロとの報聞く

通貨《ディナール》なし出迎え見えず夜の更けるオラン空港ギヤ入れ直す

イスラム国燃え立つアフリカ北部なり銃持つ人らの気配確かむ

太陽は砂塵にまぎれイスラムの定かならざる時が流れる

「無差別テロ」、「否、聖戦《ジハード》」と言い募るアルジェの路地に溢れる紅薔薇

ナイルの水

訪れることなき都市の名を眺むドバイ空港フライト・ボード

コーランの唱和につつまれ馬車がゆくナイル・デルタの春の夕暮れ

「節水しナイルの水をシナイにも」ひび割れしデルタの田畑に苦慮す

「この土地は塩分過剰」と土なめし佐藤教授は下痢に倒れる

「インシャ・アッラー」二時間の会議の遅延一言のみに

市場《スーク》での駆け引き思うまたしても研究計画白紙に戻され

対岸に治安部隊の動きあり「死者十六人」とネットのニュースは

ヒマラヤの竹笛

ヒマラヤに生まれし人が海に知る竹笛の音と風のゆく果て

竹笛よ知るや故郷ヒマラヤはそのかみ海の底にありしを

花よ咲け鳥よ囀れ蝶よ舞え太鼓をたたけ笛吹き鳴らせ

若者よ祭りだ踊れみな歌え大地と水と光を讃え

さびしきは鳥の囀り聞くときに心に兆す羽ばたきの音

楽土

子を抱え物乞いをする女あり実《げ》に苦行なりデリーを往くは

執着を捨て去ることと見付ければジャイナはこの世を全裸で歩く

老病の牛千頭に寄り添いてジャイナ教徒はやすらかに生く

幾重にも牛糞積もりふわふわとここが楽土と思わぬでもなし

天啓は下痢したときの苦しみに汚水浄化がライフワークと

緑黒の下水の浄化を議論するタージ・マハルを目の隅に置き

下水処理に終日立会い染み付きぬ凝縮されしインドの匂い

インドへはこれが最後と思うとき路傍に寝そべる牛の背やさし

水の森

メガライス計画潰え荒原のトロッコ軌道を覆う夕焼け

水抜かれ緑皮はがされ爛れゆくカリマンタンの泥炭の原

枕木に歩幅合わせて歩ききつトロッコ軌道の果てなる森に

残されしカリマンタンの水の森　苔むす大樹鳥集う木々

ぬばたまのオオコウモリが空に散る狂犬病のウイルス宿し

伐採を逃れし木々の喚声を誰か聞かざる夜明けの森に

ゴリラの森

異国人乗せた四駆が疾走しガボン・バイパー《（クサリヘビ）》路上に憤死す

残されし轍を頼りに突き進む水たまりの道朽ちかけの橋

横転せし四駆のドアが開かれてゆらりと顕る人らしき影

かの男黒魔術師の叔父殺しなりかわったと聞かさる夕べ

二百人うち十五人がわが子だとドゥサラ村の痩せた男は

象牙採りゴリラを食す村人のたずきとなるかエコ・ツーリズム

ムカラバの電気もガスも無きロッジ夜のトイレはケータイかざし

崖を這い丸木舟にて渡る河　山極教授は三度落ちしと

病えし獣が囓るという朽ち木　四囲の草むら踏みしだかれて

ダイカー（ウシ科の動物）の糞より辿り生態系連鎖を明かすレディー・ホームズ

樹の上のゴリラのボスに拝謁す三年越しの願い届きて

ボスのボス歴史に残る雄ならんゴリラのジャンティもしヒトならば

「餌はだめ少し音たてストーキング」ゴリラと馴染む技を会得す

プーヌー語、日本語、ゴリラ語、フランス語　突然飛び交う夕暮れの森

倒木を黄色い蜥蜴が走りきて腕立て伏せを二度して去りぬ

地球への愛

みながみなニューハーフにも見えてくるやや飲み過ぎたかバンコクの夜

カビンブリの町の名知りて四十年この地に家庭を持ちし友あり

アブラヤシの林の中に広場ありスラタニ空港空より望めば

アブラヤシは猛だけしく葉を突き上げる等間隔に植えられてなお

「アブラヤシは殻も絞って燃料を」タラポン教授の地球への愛

飛び込みし虻と一会の縁得る物置小屋にスコール避ける間

ぶつからぬ不思議は鳥と魚の群れハノイの通りにひしめくバイク

呻き声もたてず傷より滴らす一日カップ一杯のゴム

ゴム学会の設立一夜でなしとげるハノイ工大准教授の業《わざ》

象、孔雀、白頭鷲が糧を得るスリランカなるゴミ廃棄場

廃棄ゴミ覆いて広がる草の原分け入るほどに蛭がざわめく

ドクドクとわが血が移され赤黒き巨大な袋に蛭は化したり

足首に蛭とりつけば煙草火でそを焼き殺し傷に擦り込む

バーベキューの煙

つぎつぎと観光客が踏みつけるテオティワカンの神殿の跡

モントレーにあふれる工場、自動車群　老いし乞食はゆるゆる歩む

モントレーの空気汚染の元凶は自動車、工場、バーベキューとぞ

バーベキューの白い煙が森を這うモントレー丘陵星夜のパーティ

テキーラのボトルを抱え腰を振る環境次長は夜のふけるほど

海の生態

カモメの声、潮の香、板塀、吹き流し　砂やわらかき海に出る道

やせ細りしホワイトビーチの珊瑚礁中国人客の打ち寄せしあと

バナテ市長の誇る津波の緩和策マングローブ林をひたすら語る

海峡にひしめく生け簀五百余をバナナボートはかすめつつゆく

生け簀の上ひがな一日餌を撒くはからくり人形のごとき若者

生け簀ごとに五万余匹の魚おれば競い餌を撒くひたすら餌を撒く

オゾンホール

辿り着けりマゼラン海峡砂岬オゾンホールの研究訪ね

かくのごとマゼランの船を見守りしか海峡に向かうペンギンの群れ

三万メートル気球は昇り破裂せりオゾンのデータを地上に届け

「子供らにUVカットのクリームを」オゾンホールの広がる日には

「無」があるとつくづく思うパタゴニア大地に風がただ吹き渡る

入出国管理所ひとつ荒原に「国境とはなに」雲が流れる

手を広げサザン・クロスに正対すリオ・ガジェゴスの夜の公園

フォークランドに征きて還らざりし五十五名基地に笑顔の写真が並ぶ

UVと火山灰がいまの敵　基地の測器は空に向けらる

紛れなくファイターならん握手する国防次官の眼と手の力

「人生って悲しいもんだね」ライト浴び額に皺寄すタンゴのダンサー

父母の思い出

わが花は田に咲く蓮華　疎開地に母待つ夕べ風に揺れいつ

胸を病む父の食事に玉子添えわれら見つめし母の眼悲しき

夏の夜の父らの麻雀音せわし戦時の記憶振り払うごと

戦場で人撃たざりし父がいま小鳥を狙う早朝の森

斎場の庭に小さな枇杷の実が雨に濡れいつ父送る朝

亡き父の日記を繰れば気ぜわしく書きにしあらん右上がりの文字

母と行く春の日ふるさと山桜花咲け全山惜しまずに咲け

菜園を作りし戦後遠のきて母は四角き家に籠もりぬ

死に急ぐ人を思いぬやわらかくカサブランカをつつむ夕暮れ

緑なす母の故郷裏山にわれも登りて茱萸の実を食む

がん病棟

これもまた走馬燈のひとこまか病室より見る夜の東京

「・・・―――・・・」夜を徹しビルが発する赤い信号

二月《ふたつき》を家でゆっくり過せたとナースに語る老夫婦の笑み

病室の窓をよぎりし銀影に魅せられし者われのほかにも

フクシマの対策案をメールする胃がん手術の麻酔より醒め

太陽族と原子力村との争いの調停は難しわれは身を引く

人類の持続のための条件を論文として雪かきに出る

呆然と屋根を見上げる落雪に石楠花の幹縦に裂かれて

春の東京湾

早春のエンジンの音背《せな》に聞きデッキで眺めるビルの陰影

穏やかな海に賜るつれあいと何年ぶりかの意味なき会話

早春の東京湾を巡りきていまさら気づくうすき潮の香

エントロピーの法則

落ち着かずモダンアートのシェービング・クロスに変わりしいつもの床屋

パソコンの囲碁の画面に待ったかけキー押し直す雨の週末

縁側の日だまりにいて爪を切る踏み石の猫に見つめられつつ

エントロピーは常にせつなく増大す湯を沸かす間も過去振り向くなと

黒潮閑日

震災を免れ像は仙台に「黒潮閑日」栄吉の作

鯨追い黒潮わたる漁夫達の凪の一日ひげを剃り合う

簡潔に生きる命か栄吉が海にて求め与えられしは

栄吉の彫刻、工場、大震災　仲居が綴る石巻の詩《うた》

箸二膳こけし一本購いて湯の郷秋保の名残をはらう

白石の堤にならぶ老い桜　河原の宴を黙し見下ろす

昭男記念校舎

弟の最期の夜をまた思う「こわい」と云いて握りきし手を

弟が一世の旅の証にとアジアに蒔きし校舎巡りぬ

将来の夢は縫製工場で働くことと村の少女ら

大切なことは何かとカンボジアの中学生に問われ躊躇す

昭男記念第七校舎竣工すネパール東端山裾の村

懐かしき訪れなれどネパールは水の臭いとほこりにたじろぐ

見慣れくる破れた竹壁トタン屋根床に生徒のはみ出た教室

手提げより毀れたサンダル取りだして少女は裸足の理由を示す

一斉に生徒が掲げるVサイン弟の名の新校舎に入り

獅子神《シン・ガ・デビ》校の生徒が踊るダンス・ダンス・ダンス貧しき村の確かな力

われは知る茫然自失の牛の顔ヘッドライトを正面に浴び

お金貯め寺を建てるというガイドロサンの望む生きた証は

畢竟は死後を如何に捉えるかロサンとチベット仏教論ず

「井上さん輪廻転生信じずに善を行う理由や如何に」

雑草を刈る

松の幹松の枝ぶり松の葉を子細に眺むもの忘れたき日

幾許かの勇気は要るか大輪の真紅の薔薇の蜜さぐる蝶

もつれあう木香薔薇と藤のつる狭庭の空の覇権を競い

生態系保全の議論思いつつトマト畑の雑草を刈る

しまったと思えど鎌持つ手は動く鮮やかに刈られし妻の山野草

草を刈る手をふと止める金の眼の猫はいつから見ているのだろう

「この感じ嫌いじゃないよ」旱天に草刈りし後の一瞬の眩暈

級友

旧友の愚痴に相槌うちながら越前蟹の殻積み上げる

人生の大事がいまだ分からんと手をやる友の白髪好まし

蜩が鳴き始めたとつぎつぎにメールが届く定年世代

十余年森に隠《こも》れる友訪えばテロのニュースを猫と見ており

川縁で出会いし友と黒猫は互いに言語を学び暮らせり

遠き世のごとく会社生活を語り果実酒飲み交わしたり

巻機《まきはた》山の同期会

秋の夜の帳を屋根に受け止めて泰然とあり宿「雲天」は

山の宿「雲天」さんのじっちゃんはひとり囲炉裏で岩魚を燻す

ばっちゃんは一足先に永眠す落ち葉の積もる山の墓場に

半世紀またたく間なり山小屋を建てし仲間はやや老いたれど

半世紀われは何をなし来しか悔いにはあらずこの寂しさは

天の声、地の声、風の、水の声　秋の夜長に聞く山の宿

解けぬまま

「確信は妄想悟りは恍惚」と嘲る声が闇の中より

かのときも夢と思えばいくらかは安らかならん喉つまる夢

死線とはあの辺りかと振り返る朝《あした》の窓に匂う葉桜

仏たち

焼け焦げし仏像土間に立ち並ぶ平安の世は斯くのごとしと

講堂の闇に眼《まなこ》を血走らせ胎蔵界を蠢く仏ら

荒れ狂う性持ち生まれし者なれば仏師は気づけり阿修羅の悲しみ

金色の仏らはみな憂い持つ民の苦しみ見続け来たれば

救済のノウハウなどを語らんか仏らは暗き夜の伽藍に

睡蓮の葉は御仏の手にも似て水面にもがく虻の傍《かたえ》に

宇宙の誕生

「コータローくーん！」と飛びつきハグする孫娘小学四年の身体の重み

シナプスの結ばれるさま想いつつ幼子とふたり過ごす小春日

「その前は」、「その先は何」と子らは問う宇宙の誕生、宇宙の外縁

暗黒物質持ち出さざるを得なくなり崩れゆくのか「現代物理」

あとがき

上野駅構内の書店で子規の「歌詠みに与える書」をたまたま手にしたのがきっかけで、中・高校での国語の授業以外全く縁のなかった短歌に興味を持つようになった。一九九〇年代の末、還暦に近い頃のことである。

歌書、歌集を少しずつ読むようになり、とくに惹かれたのが小池光さんの作品であった。そこで、二〇〇一年短歌人会に入会、小池さんの選歌を受けてきた。同会に入会して五年ほど経ったところで、多忙を理由に八年間ほど活動を中断、二〇一四年から再開、現在に至っている。

短歌では自分の記憶に残したいこと、他の人と共有したいことを詠む。従って、その時点時点での自分およびその周辺のことが中心になるが、短歌の世界に遅れてきた者にとっては、過去の記憶を取りだしピン留めすることも重要な課題だと思っている。また、短歌は云ってみれば写真ではなく絵画のようなもので、時には、心象風景のようなものを詠んで見たくなることもある。ただし、この時も、現実となんらかのつながりのあるものでなくては、少なくともいまの自分にとっては面白くない。また、何を表現したいのかが明確になるようにしている。これは、私の短歌に対する考え方である。

この歌集の前半は初期の作品ないし自分の若い頃に関する作品を中心に、後半は実時間にそった作品を中心にまとめた。並べてみると、海外のものが多い。これらは、私旅行の時のものも二、三あるが、ほとんどは仕事で出張した時のものである。夜のホテルや帰国時の機内では一気に作品が出来ることが多いとあらためて感じている。

歌集のタイトルは「サバンナを恋う」とした。表紙の写真はガボンで撮影したものである。私には自然への回帰という強い思いがある。喫茶店の出窓に置かれたガラスのきりんが恋うのは自分が作られた小樽のガラス工房だろうか、それとも家族や仲間が待っているはずのサバンナだろうか。そんなことを思いつつ。

作歌および歌集の作成について、小池さんはじめ短歌人会の方々から多大なご教示を頂き、小池さんには栞文も書いて頂きました。また、有馬朗人さん、梅内美華子さんには、突然のお願いにもかかわらず快く栞文を書いて頂きました。厚く御礼申し上げます。

二〇一七年一月

井上孝太郎

著者略歴

一九四〇年東京に生まれる。

一九六四年東京大学工学部を卒業。日立製作所に入社。原子力などの研究に従事。研究所所長、技師長などを歴任。二〇〇三年科学技術振興機構に異動。上席フェローとして国の研究開発戦略策定、環境やエネルギーなどに関する開発途上国との共同研究事業などを担当。二〇一六年退任。現在、同事業の推進委員など。この間、東京大学工学部非常勤講師、東京農工大学大学院教授、日本学術会議「エネルギーと科学技術に関する分科会」委員長などを兼任。工学博士。

一九九〇年代末、作歌を開始。二〇〇一年短歌人会入会。小池光氏の選歌を受ける。現在、同会同人。

歌集　サバンナを恋う

二〇一七年三月一〇日初版発行

著　者　井上孝太郎
東京都杉並区久我山三―四一―二九（〒一六八―〇〇八二）
URL http://www015.upp.so-net.ne.jp/inoue-kotaro/

発行者　田村雅之

発行所　砂子屋書房
東京都千代田区内神田三―四―七（〒一〇一―〇〇四七）
電話　〇三―三二五六―四七〇八　振替　〇〇一三〇―二―九七六三一
URL http://www.sunagoya.com

組　版　はあどわあく

印　刷　長野印刷商工株式会社

製　本　渋谷文泉閣

©2017 Kōtarō Inoue　Printed in Japan